출동!
체험 학습 구조대

출동! 체험 학습 구조대

심윤경 창작동화
조승연 그림

사□계절

차
례

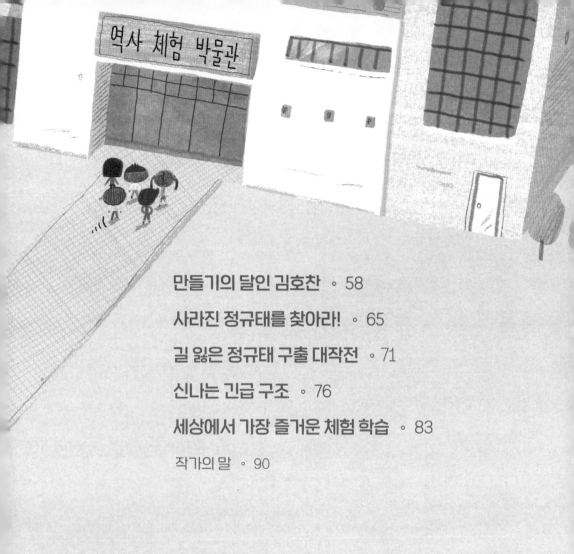

소개합니다

김호찬

나는 아주 멋쟁이라서 까마귀처럼 새까만 옷은
절대로 입지 않아요. 난 일기를 쓸 때마다
꼭 똥이 마려워요. 정규태가 내 앞에서
잘난 척하면 난 너무 화가 나서 사고를 치게 돼요.
강은지를 보면 왠지 자꾸만 장난을 치고 싶어요.
아마 강은지가 우리 반에서
제일 예쁘기 때문인가 보아요!

강은지

나는 우리 이모처럼 예쁜 사람이 되고 싶어요.
아침에도 고기반찬을 먹고 싶고요.
나의 원수 김호찬은 이상하게 말썽 부릴 땐 꼭 나하고
짝꿍이 되더라고요. 우리 엄마는 백화점에 다니고
아빠는 교도소에서 일하는 교도관이에요.
그런데 엄마랑 아빠랑 싸우면
언제나 엄마가 이겨요. 우리 집 정말 신기하죠?

정규태

나는 세상에서 제일 똑똑하고 상상력이
풍부한 어린이랍니다! 벌써 초등학교 3, 4학년들이
읽는 책을 읽고, 창의력 교실에서 상을 받았어요.
게다가 친구들을 보살필 줄 아는
성숙하고 책임감 있는 어린이랍니다.
어른들은 누구나 나를 칭찬해요. 친구들이 나를
얄미워하는 건, 나를 질투하기 때문이에요!

김지수

나는 선생님이 질문하면 언제나 제일 열심히
손을 들어요. 공부하고 발표하는 건 정말 재미있거든요.
소시지와 고양이 털에 알레르기가 있어서
조심해야 해요. 내 단짝 친구 강은지는 운동도
잘하고 정말 재미있어요.
은지를 우리 집에 초대하고 싶어요!

이민우

나는 우리 반에서 키가 제일 커요. 달리기도 제일 빠르고요.
나는 우리 반 친구들을 모두 좋아해요. 강은지는 운동을 잘해서 좋고,
김호찬은 재미있어서 좋아요. 착하고 똑똑한 김지수와 짝꿍이
되었을 땐 정말 기분이 좋았어요. 그런데 정규태는 왠지 좀······.

출동! 체험 학습

월 일 요일	☀ ⛅ ☁ ☂ ⛄ ( )
일어난 시각 시 분	잠자는 시각 시 분

할머니가 새 도시락통을 선물로 사 주셨다.

새 도시락통은 볼케이노버스터 데스크루저

로봇 그림이 있다.

완전 멋있다.

나는 체험 학습 가는 것이 조금 좋다.

도시락통에 김밥을 넣어서 가는 것이 신나기

때문이다.

우리는 새로 생긴 역사 체험 박물관에 간다.

오늘의 중요한 일	오늘의 착한 일
간식 미리 챙기기	규태 이야기 들어 줌.

엄마는 너무해.
형만 사랑하고!

"호찬아, 얼른 일어나라. 오늘은 즐거운 체험 학습 가는 날이네?"

엄마의 목소리가 들리자마자 나는 용수철처럼 팡 하고 일어났다.

"엄마! 도시락 쌌어? 어제 할머니가 사 주신 도시락 통에 쌌어?"

"물론이지. 벌써 다 싸 놨으니까 걱정하지 않아도

돼.”

엄마는 나에게 도시락통을 내밀었다. 나는 도시락통을 가방에 넣으려다가 물어보았다.

“엄마, 김밥 쌌어?”

그런데 엄마는 이상한 대답을 했다.

“호찬아, 네가 좋아하는 새 도시락통이잖니. 얼른 가방에 넣어라.”

나는 엄마에게 다시 물었다.

“엄마, 도시락으로 치즈랑 소고기 넣은 김밥 쌌냐고?”

엄마는 또 이상한 대답을 했다.

“이러다 체험 학습에 늦으면 어쩌니? 얼른 도시락통은 가방에 넣고 아침 먹으라니까?”

아무래도 이상해서 나는 도시락통 뚜껑을 열어 보았다. 도시락통 안에는 흰밥과 닭튀김 반찬이 들어 있었다.

"이건 그냥 밥이잖아. 내가 분명히 김밥 해 달라고
했는데!"

엄마가 한숨을 쉬었다.

"호찬아, 미안해. 다음에는 꼭 치즈랑 소고기 넣은
김밥을 해 줄게."

나는 화가 났다.

"내가 꼭 김밥 싸 달라고 했는데! 엄마, 형 때문이지? 형 때문에 김밥 안 싼 거지?"

"호찬아, 형은 김밥을 안 먹잖니. 그렇다고 너희 둘 도시락을 따로 싸려면 아침에 너무 바쁘고……."

"엄마는 정말 너무해! 내 말은 들어주지도 않고!"

나는 울음을 터뜨렸다. 아빠가 방에서 달려 나왔다.

"무슨 일이야? 왜 아침부터 울고 그래?"

나는 울면서 아빠에게 말했다.

"난 정말 억울해요! 엄마가 닭튀김 반찬 도시락을 쌌단 말이에요! 오늘 체험 학습 가는 날인데, 내가 김밥을 꼭 싸 달라고 했는데 내 말은 안 들어주고 형 말만 들어줬단 말이에요!"

엄마는 내 옆에 앉아 등을 토닥이며 말했다.

"호찬아, 형은 김밥을 안 먹잖니. 하지만 너는 김밥도 좋아하고 닭고기도 좋아하잖아? 그러니까 두 가지 모두 잘 먹는 네가 양보하면 안 될까?"

그래도 나는 억울했다. 나는 김밥을 정말 정말 좋아하기 때문이다.

"너무해! 닭고기는 평소에도 먹을 수 있지만 김밥은 자주 먹을 수 없잖아! 그리고 다른 아이들은 모두 김밥을 싸 올 텐데 난 김밥 싸 온 애들이 부러울 것 아니야!"

엄마가 한숨을 쉬었다.

"어휴, 아이가 많지도 않은 둘뿐인데, 어쩌면 이렇게 성격도 입맛도 정반대일까. 어느 장단에 맞춰야 할지 모르겠다니까."

아빠가 무서운 목소리로 말했다.

"김호찬, 엄마가 너희 둘 도시락을 따로따로 싸 줄 수는 없는 것 아니야? 그러니 불평하지 말고 먹도록 해."

난 너무 억울해서 참을 수가 없었다.

"엄마 아빠는 정말 너무해! 맨날 형 편만 들어! 형 옷만 사 주고, 형만 예뻐하고, 형이 하자는 대로 다 해 주고! 내 말은 안 들어주고! 나 이제 닭고기 안 먹을 테야! 난 김밥 싸 줘! 엉엉엉."

그러자 아빠는 더욱 엄한 목소리로 형에게 말했다.

"김호근, 넌 3학년이나 되었으면서 아직도 편식을 하다니, 동생에게 부끄럽지도 않아? 다음번 도시락 쌀 때는 무조건 김밥이야. 이젠 김밥이 싫어도 먹도록 해! 알았어?"

이번에는 형이 울기 시작했다.

"싫어요! 김밥에서는 비린내가 난단 말이에요! 난 김밥을 먹으면 토할 것 같고 삼킬 수가 없단 말이에 요!"

아빠의 콧구멍이 커졌다.

"뭐? 그게 무슨 소리야? 김밥이 맛있지 왜 비린내가 나?"

나는 아빠가 벌을 줄까 봐 겁이 났다. 우리 아빠는 태권도 사범이기 때문에 화가 나면 아주아주 무섭다. 아빠는 얼굴에 털이 많고, 스타킹에 수박을 담아 놓은 것처럼 온몸이 울퉁불퉁하다. 그래서 아빠가 콧구멍을 크게 하고 무서운 목소리로 말하면 무조건 시키는 대로 해야 한다.

나는 재빨리 도시락통을 가방에 넣고 엄마에게 말했다.

"알았어. 이번에는 닭튀김 반찬을 먹을게. 하지만 다음에는 김밥 싸 주는 거야? 엄마, 약속한 거야?"

그리고 나는 재빨리 아침밥을 먹기 시작했다. 하지만 형은 계속 울면서 떼를 썼다.

"싫어하는 음식을 어떻게 억지로 먹어요? 난 정말

17

억울해! 호찬이는 닭튀김도 잘 먹지만 난 김밥을 정말 싫어한단 말이에요!"

결국 아빠는 화가 났다.

"김호근! 오늘 체험 학습 갔다 와서 체육관 스무 바퀴!"

나는 아빠의 눈치를 보았다. 아빠는 다행히 나에게는 아무 말도 하지 않았다. 형은 정말 바보다. 형은 오늘 체험 학습에 갔다 와서 "효도! 반성! 효도! 반성!" 이라고 외치면서 체육관을 스무 바퀴 돌아야 한다.

자동차만큼
빠른 통신 방법

우리 반은 버스를 타고 역사 체험 박물관에 도착했다. 우리 모둠은 가장 먼저 봉수 체험을 하러 갔다. 봉수 체험관에는 털이 달린 신기한 모자를 쓴 체험 도우미 선생님이 우리를 기다리고 있었다.

"역사 체험 박물관은 재미가 하나도 없을 거야. 휴대폰도 없고 컴퓨터도 없는데 무슨 재미가 있겠어? 놀이공원에 갔으면 좋았을 텐데!"

나는 괜히 심술이 나서 이렇게 떠들었다. 내 말을 들은 체험 도우미 선생님이 웃으면서 말했다.

"얘들아, 정말 그렇게 생각하니? 이곳은 메타버스 체험관이야!"

우리는 메타버스가 무엇인지 잘 몰랐지만 흥분해서 와와 소리를 질렀다. 선생님은 우리에게 번쩍이는 멋진 고글을 나누어 주었다. 그걸 안경처럼 쓰면 메타버스 세계로 들어가는 거라고 했다. 우리는 신이 나서 고글을 썼다.

아주 넓은 봉수 체험관 안에는 작은 산이 여러 개 있고, 산봉우리마다 세 개의 굴뚝이 서 있었다.

"옛날에 남쪽 바닷가에는 일본 왜구가, 중국과 우리나라를 나누는 북쪽 국경에는 중국 오랑캐가 자꾸만 침범을 했어요. 그러면 적이 쳐들어왔다는 걸 임금님이 있는 서울에 알려야 하는데, 가장 빠르게 알릴 수 있는 방법이 뭐였을까? 바로 불빛과 연기를 이용하는 거였어요."

선생님이 이렇게 말하자 갑자기 산봉우리의 굴뚝에서 연기가 모락모락 솟아오르기 시작했다. 나는 깜짝 놀라서 고글을 벗어 보았다. 굴뚝에서는 아무 일도 일어나지 않았다. 그런데 고글을 쓰면 다시 연기가 보이는 것이었다. 정말 신기한 일이었다!

"봉수는 횃불과 연기라는 뜻이야. 산꼭대기에서 불을 올리면, 저 멀리 있는 다음 산꼭대기의 봉수대에

서 그 신호를 보고 그다음 산에 전달하는 거예요. 낮에는 연기를, 밤에는 불빛을 올려요. 이런 식으로 산에서 산으로 신호를 보내면 서울까지 신호가 전해지는 데 네다섯 시간밖에 안 걸렸어요. 자동차를 타고 고속 도로를 달려서 소식을 전하는 것만큼이나 빠르단다. 천 년도 더 된 오랜 옛날부터, 우리 조상들은 자동차만큼이나 빠르게 소식을 전했던 거예요."

우리는 감탄해서 입을 딱 벌렸다. 갑자기 주변이 깜깜해지더니 연기가 불기둥으로 변했다. 우리가 놀라는 사이에 다시 밝아지더니 연기가 보였다. 체험관은 변함없이 그대로였지만 메타버스 속의 세계는 눈 깜짝할 사이에 변해서 우리를 놀라게 했다.

"자, 오늘은 너희들이 우리나라를 지키는 군인이야. 국경의 소식을 서울로 전해야 해. 횃불이 켜지지 않으면 아무 일도 없다는 뜻이야. 횃불 한 개는 적이 나타났다는 뜻, 횃불 두 개는 전투가 벌어졌지만 이겼다는 뜻, 횃불이 세 개면 전투에서 패배해서 적이 국경 깊숙이까지 들어왔다는 뜻이야. 알겠니?"

설명을 듣고 드디어 봉수 체험을 하게 되었다. 우리는 제비를 뽑아서 역할을 정했다. 김지수와 강은지는 국경을 지키는 수비대가 되었고 이민우는 임금님이 되었다. 나는 봉수군 1번, 정규태는 봉수군 2번이었다. 도우미 선생님은 국경을 침범한 오랑캐였다. 선생님이 쓴 모자는 오랑캐가 쓰던 모자였던 것이다.

"각자 위치로 가서 맡은 일을 하자. 봉수군 1번은 오랑캐와 국경 수비대의 상황을 파악하고 즉각 봉수를 올리도록 해. 봉수군 2번은 앞에서 받은 신호를 임금님께 전달하고. 국경에서 일어난 일을 임금님께 정확하게 전하면 너희들이 이기는 거야."

나는 봉수대 1번에 올랐다. 산에 가만히 서 있었는데 메타버스 속에서 나는 봉수군 옷을 입고 있었다. 꼭 진짜 봉수군이 된 것 같았다! 산 아래쪽으로 숲속에 숨어 있는 많은 오랑캐가 보였다. 고글을 벗고 보면 실제로는 김지수와 강은지 두 명뿐인데 메타버스 속에는 정말 많은 군인들이 있었다. 국경 수비대 모습이 된 강은지와 김지수에게 손을 흔들었지만 그 아이들은 내가 보이지 않는 모양이었다.

드디어 오랑캐들이 쳐들어오기 시작했다! 오랑캐는 총을 빵빵 쏘아 대며 눈 깜짝할 사이에 국경을 넘어서 국경 수비대와 싸우기 시작했다. 오랑캐는 강을 건너고 고개를 넘어, 숲속 여기저기에 나타났다. 우리 국경 수비대가 칼로 적군의 모자를 때리면 오랑캐는 뒤돌아서서 달아났다. 나는 고글을 벗고 보려다가 하마터면 전쟁 상황을 놓칠 뻔했다. 어쨌거나 김지수와 강은지는 이쪽저쪽으로 뛰면서 열심히 싸워서 오랑캐를 모두 국경에서 쫓아내는 데에 성공했다. 나는 장작을 넣고 불을 지펴서 봉수대에 연기를 두

개 올렸다. 국경 수비대가 오랑캐를 물리쳤으므로 더 이상 불을 켤 필요는 없었다.

잠시 후 임금님 옷을 입은 이민우가 헐레벌떡 달려 왔다.

"국경에서 전쟁이 났구나! 그렇지? 하지만 국경 수 비대가 물리쳐서 우리가 이긴 거지?"

우리는 펄쩍펄쩍 뛰면서 기뻐했다. 심지어 오랑캐 역할을 맡았던 도우미 선생님까지도 기뻐했다.

김지수는 놀란 얼굴이었다.

"애들아, 국경 수비대는 정말 힘들더라. 적들이 너무 많아서 하나라도 놓칠까 봐 걱정이 많이 됐어."

도우미 선생님은 용감한 국경 수비대와 봉수군들에게 훈장 스티커를 붙여 주었다. 임금님인 이민우도 훈장 스티커를 받았다.

"훈장 스티커를 다섯 개 받으면 어린이 역사왕이 될 수 있단다."

세상에서 가장
멍청한 국경 수비대

우리는 다시 제비를 뽑아서 봉수 체험을 한 번 더 하기로 했다. 너무 재미있어서 하루 종일 봉수 체험을 해도 좋을 것 같았다. 도우미 선생님이 설명했다.

"이번에도 국경의 소식을 서울로 전하는 거야. 하지만 비가 와서 연기도 불빛도 피울 수 없을 땐 어떻게 할까? 그럴 땐 소리를 이용해요. 산꼭대기에서 대포를 쏘아서 그 소리로 신호를 보내는 거야. 이번에는 소리 신호를 보내기로 하자. 잘할 수 있겠지?"

나는 이번에 봉수군 2번이 되었다. 이민우와 정규태는 국경 수비대, 김지수는 봉수군 1번, 강은지는 임금님이었다. 봉수대 2번에 앉아서 초조하게 기다렸더니 봉수대 1번에서 대포 소리가 전해졌다.

펑, 펑.

나는 들은 대로 대포를 두 번 울리려고 했다. 그런데 대포 소리가 한 번 더 울렸다.

"뭐지? 전투에서 우리가 졌다는 말이야?"

나는 화가 났지만 어쨌든 화약을 넣고 심지를 당겨 대포를 세 번 울렸다.

잠시 후 임금님인 강은지가 잔뜩 화난 얼굴로 국경을 향해 달려갔다. 나도 산에서 내려와 강은지를 따라갔다. 강은지가 큰소리로 외쳤다.

"대포 소리가 세 번이나 났어! 그러면 우리 국경 수

비대가 져서 오랑캐가 국경 안쪽까지 마구 쳐들어왔다는 말이야?"

이민우는 어리둥절한 표정이었다.

"배를 타고 강을 넘어오는 오랑캐는 내가 분명히 다 막았는데, 우리가 졌단 말이야?"

봉수군 1번이었던 김지수가 봉수대에서 달려 내려와서 소리쳤다.

"규태야, 너는 오랑캐를 막지 않고 뭐 하는 거야? 오랑캐가 고개를 넘어서 들어오는데, 그냥 보고만 있으면 어떡해!"

오랑캐 모자를 쓴 도우미 선생님이 말했다.

"아무튼 봉수 신호 전달은 성공이었어요. 비 오는 날 오랑캐가 안쪽까지 쳐들어왔다는 사실을 대포 소리로 서울에 알렸으니까. 자, 훈장 스티커를 받으렴."

봉수 체험은 성공이었지만 우리는 기분이 나빠졌

다. 그런데 정규태는 미안해하기는커녕 이렇게 떠들어 댔다.

"얘들아, 군인이라고 해서 언제나 전쟁만 하는 건 아니란다. 나는 외계인이 지구를 찾아왔을 때 지구인과 외계인이 전쟁을 하지 않고 평화롭게 대화를 하는 내용으로 글짓기를 해서 어린이 우주 과학 상상력 대회에서 금상을 받았거든. 그래서 나는 오랑캐와 전쟁을 하지 않고 평화롭게 해결할 수 있는 방법을 생각하는 중이었단다. 그러니까 나는 오랑캐의 목숨도 소중하게 여기는 착한 군인인 거야."

우리는 모두 어이가 없었다. 정규태는 세상에서 가장 멍청한 국경 수비대였다!

마음씨가 착해서 한 번도 화내는 일이 없었던 김지수까지도 화를 냈다.

"규태야! 그런 말이 어디 있어? 지금 우리는 봉수

체험을 하는 중이잖아. 각자 맡은 일을 열심히 해야
지! 나도 아까 힘들고 무서웠지만 오랑캐와 열심히
싸웠단 말이야!"

우리는 모두 화가 났다. 그때 강은지가 이렇게 말
했다.

"얘들아, 이건 모두 내 잘못이야! 정규태에게 국경

수비대를 시킨 건 바로 나였어! 왜냐하면 나는 임금님이거든! 규태는 정말로 아기 같지 않니? 내가 규태를 잘 돌봐 주었어야 하는 건데, 아기 같은 규태를 군대에 보내다니. 모두 내 잘못이야! 내가 대신 사과할 테니 나를 용서해 주겠니?"

강은지는 규태의 말투를 똑같이 흉내 냈다. 나는 이럴 때면 강은지가 좋아서 미칠 지경이다. 나는 임금님 만세를 부르며 펄쩍펄쩍 뛰었다. 규태를 빼고 모두 크게 웃었다. 규태는 기분 나쁜 얼굴로 말했다.

"은지야, 그렇게 말하면 내가 기분이 안 좋잖니? 우리는 서로 상대방의 기분을 배려하며 말해야 하는 거란다."

그래서 우리는 큰 소리로 말했다.

"너는 맨날 그러잖아! 우리가 맨날 얼마나 기분 나쁜지 알아?"

그랬더니 규태는 오히려 화를 내는 것이었다.

"너희들은 정말 나빠! 친구를 따돌리다니, 선생님께 모두 일러 줄 테야!"

그러더니 규태는 체험관에서 달려 나갔다. 이민우가 따라가서 규태를 달랬다. 규태는 못 이기는 척 돌아왔다. 민우는 정말 마음씨가 착하다. 나라면 절대로 정규태를 달래 주지 않았을 것이다.

이순신 장군의
비밀 작전

그다음에 우리는 울돌목 체험관으로 갔다. 병사 옷을 입은 도우미 선생님이 우리를 맞이했다.

"얘들아, 반갑구나. 나는 임진왜란 때 이순신 장군과 함께 바다에서 왜군을 물리친 자랑스러운 조선의 수군이란다. 오늘 너희들도 나와 함께 왜군을 물리치겠니?"

울돌목 체험관은 마치 영화관처럼 생겼다. 맨 앞에

는 커다란 스크린이 있고, 우리가 앉을 의자는 배 모양으로 되어 있었다. 의자 앞에는 노를 젓는 도구가 달려 있었다. 도우미 선생님이 울돌목 전투에 대해 설명했다.

"오늘 이순신 장군은 아주 중요한 전쟁을 앞두고 있단다. 우리 수군에는 배가 열두 척밖에 없는데 왜군은 백삼십 척이나 되는 배를 몰고 쳐들어오고 있어. 오늘 전쟁에서 지면 우리 조선은 일본 땅이 되고 말 거야. 정말 큰일이 났지? 하지만 걱정하지 마. 이순신 장군은 바다를 이용해서 아주 훌륭한 비밀 작전을 세웠거든. 그러니까 이순신 장군을 믿고 작전을 잘 따르기만 하면 우리는 오늘 왜군을 물리칠 수 있

을 거야!"

그러고 보니까 스크린에 왜군의 배는 엄청나게 많
고 우리 배는 아주 적었다. 이렇게 적은 배로 싸우면
이기기 힘들 것 같아서 우리는 무척 속이 상했다.

"울돌목은 강이 아니라 바다란다. 그런데 바닷물의
흐름이 아주 거세서 마치 강물처럼 콸콸
흘러. 특히 물의 방향이 바뀔 때
에는 폭포처럼 엄청난

소리가 날 지경이란다. 그래서 울며 돌아가는 바다라는 뜻으로 울돌목이라고 부르는 거야. 이순신 장군은 왜군의 배를 꾀어내서 좁은 울돌목으로 끌어 들일 거야. 왜군은 신이 나서 우리 조선 배들을 따라오겠지. 처음엔 바닷물이 왜군 쪽에서 조선군 쪽으로 흐르고 있거든. 거의 다 따라잡힐 만큼 왜군이 가까이 다가올 거야."

우리는 이야기를 듣기만 해도 겁이 나고 가슴이 조마조마해졌다.

"하지만 걱정하지 마! 조금만 있으면 바닷물의 방향이 바뀔 거야. 그러면 왜선들은 물살에 휩쓸려서 거꾸로 흘러가게 돼. 그때 이순신 장군이 칼을 높이 쳐들면 바다 밑에 미리 설치해 둔 쇠줄을 올리는 거야. 그러면 거꾸로 떠내려가던 왜선들은 모두 그 쇠줄에 걸려서 쓰러지고 부서지고 말 거야! 이게 바로 이순신 장군의 비밀 작전이란다!"

우리는 너무나 놀라서 입을 딱 벌렸다. 이순신 장군은 정말 천재인 것이 틀림없었다!

"자, 이제 제비를 뽑아서 역할을 정하자. 한 사람은 이순신 장군, 한 명은 쇠줄을 올리는 병사, 세 명은 노를 젓는 조선 수군이 되는 거야."

우리는 너도나도 이순신 장군을 하고 싶어 했다. 나는 너무너무 이순신 장군이 되고 싶었다. 하지만 내가 뽑은 건 수군이었다. 강은지는 쇠줄을 올리는 병사가 되었다. 나는 정말로 속이 상했다. 아까 봉수 체험을 할 때도 두 번 다 봉수군만 뽑았는데 이번에도 수군을 뽑다니, 나는 오늘 정말로 운이 없었다. 나도 임금님이나 이순신 장군처럼 멋진 역할을 하고 싶은데 말이다.

용감한
조선 수군의 승리

　더 속상한 일은, 글쎄 규태가 이순신 장군 역할을 맡게 되었다는 거였다. 정규태처럼 멍청하고 한심하고 이상한 아이가 이순신 장군이라니, 정말이지 말도 안 된다.

　"말도 안 돼! 너는 아까 국경도 안 지키고 오랑캐가 마음대로 쳐들어오게 내버려뒀잖아! 세상에 그렇게 멍청한 이순신 장군이 어디 있어?"

하지만 규태는 나에게 혀를 날름 내밀더니 이순신 장군의 멋진 모자와 칼을 챙겼다.

"흥, 이순신 장군님처럼 훌륭한 사람이 되려면 아는 것도 많고 창의적인 생각을 할 수 있어야 하거든? 그러니까 이순신 장군 역할에는 내가 딱이야! 호찬이 너, 울돌목 전투를 다른 말로 뭐라고 하는지 모르지? 바로 한산 대첩이야. 그런 것도 모르면서 어떻게 이순신 장군 역할을 맡으려고 하니?"

그러자 도우미 선생님이 "한산 대첩이 아니라 명량 대첩."이라고 고쳐 주었다. 그리고 규태에게 물의 방향이 바뀌는 우르릉 소리가 나면 반드시 칼을 높이 들어서 수군들에게 알려야 한다고 신신당부했다.

그때 커다란 카메라와 마이크를 든 남자 세 명이 울돌목 체험관으로 들어왔다. 우리는 그 사람들에게 관심이 쏠렸다.

"뭐 하시는 거예요?"

"응, 우리는 역사 체험 박물관이 문을 연 기념으로 뉴스를 찍기 위해서 방송국에서 왔단다. 너희를 촬영해도 되겠니?"

그러자 이순신 장군의 모자를 쓰고 칼을 든 정규태가 카메라 앞으로 나섰다.

"저는 이순신 장군 역할을 맡은 정규태라고 해요. 오늘 역사 체험 박물관에 와서 정말 많은 것을 배울 수 있었답니다. 특히 이순신 장군님이 겨우 열두 척의 배로 백삼십 척의 왜선을 물리친 명량 대첩은 정말 놀라운 일이라고 생각해요. 여자와 아이들이 행주치마로 돌을 날라서 왜군을 물리친 행주 대첩도 감동적이지만요!"

마이크를 든 아저씨는 규태가 하는 말을 듣더니 이렇게 말했다.

"너는 아직 어린데도 아는 것이 참 많구나! 역사에 관심이 많은가 보지?"

"네! 저는 아직 1학년이지만 벌써 3, 4학년들이 읽는 책을 읽으니까요. 특히 저는 역사에 관심이 많아서 〈어린이 타임머신 역사 전집〉 서른 권을 모두 다 읽었답니다!"

방송국에서 온 사람들은 모두 규태가 정말 똑똑하고 대단하다고 생각하는 것 같았다. 정규태처럼 멍청한 아이가 이순신 장군 역할을 맡아서 뉴스에 나오다니, 나는 너무너무 속이 상했다.

도우미 선생님이 말했다.

"얘들아, 왜군이 쳐들어오고 있어. 모두 제자리에 앉아서 싸울 준비를 하자!"

나는 조선 수군 모자를 쓰고 배에 탔다. 내 뒷자리에 김지수와 이민우가 앉았고 강은지는 스크린 아래

쪽에 가서 쇠줄을 잡고 기다렸다. 배에 탄 우리 조선 수군들은 안전벨트를 매고 노를 단단히 쥐었다. 진짜 울돌목 전투에는 거북선도 없고, 배에 안전벨트도 없었지만 우리가 실감 나게 역사 체험을 할 수 있게 만든 거라고 도우미 선생님이 말했다. 정규태는 멋진 모자를 쓰고 칼을 찬 채 잘난 척하면서 맨 앞으로 갔다. 그리고 장군석에 앉아 안전벨트를 맸다. 주변이 어두워지고 우리가 탄 배는 진짜 바다에 있는 것처럼 천천히 출렁거리기 시작했다.

"울돌목의 물결이 너무 빨라! 왜군에게 잡히지 않으려면 열심히 노를 저어야 해!"

도우미 선생님이 외쳤다. 스크린에 나타난 수많은 왜군은 우리를 향해 총을 쏘고 소리를 질렀다. 우리는 열심히 노를 저었다. 그런데도 왜선은 우리 배를 쑥쑥 따라왔다. 물의 흐름이 왜군을 도와주었기 때문이다. 우리는 금방이라도 왜선에 잡힐 것만 같았다.

"힘을 내! 왜군이 우리를 거의 따라왔어! 우리가 힘을 내지 않으면 우리나라는 일본 땅이 되고 말 거야!"

우리는 팔이 아팠지만 더 열심히 노를 저었다. 열심히 노를 저으니까 왜선과 거리가 조금 멀어지고, 팔이 아파서 살살 저으면 금세 따라잡혔다. 그래서 힘들어도 열심히 할 수밖에 없었다. 진짜 바다에서 배를 타고 있는 것처럼 바람이 불고 물방울이 우리 얼굴에 튀었다.

"조금만 더 힘을 내! 이제 곧 울돌목의 물 방향이 바뀔 거야. 장군님이 칼을 들어 올릴 때까지 왜군에게 잡히면 안 돼!"

우리는 정말로 열심히 노를 저었다. 정규태가 열심히 바다를 지켜보았지만 아무리 기다려도 물의 방향

은 바뀌지 않았다. 우리 배는 금방이라도 왜군에게 잡히고 말 것 같았다. 나는 걱정이 되기 시작했다.

'물의 방향이 바뀌지 않으면 어떡하지? 물의 방향이 바뀌기 전에 적에게 잡히면 어떡하지? 아, 힘들다. 진짜 전쟁이 아닌데도 걱정이 되다니. 옛날에 이순신 장군은 얼마나 걱정이 되었을까.'

물결은 점점 거세어졌다. 우리 배는 위아래로 출렁출렁 흔들렸다. 그러더니 갑자기 무시무시한 우르릉 우르릉 소리가 나기 시작했다. 드디어 울돌목의 물 방향이 바뀌기 시작한 것이었다!

슈퍼 쇼킹!
김호찬 뉴스 출연

스크린의 왜선들이 흔들거리더니 반대쪽으로 휩쓸려 가기 시작했다. 왜선들은 빠르게 멀어졌다.

우리는 너무나 기뻐서 와와 소리를 질렀다.

"지금이야! 이순신 장군, 얼른 칼을 들어서 쇠줄을 올리라고 신호를 보내!"

도우미 선생님이 외쳤다. 그런데 규태는 꼼짝도 하지 않았다. 우리는 애가 타서 소리를 질렀다.

"규태야, 뭐 해? 얼른 신호를 보내야지! 왜군의 배가 울돌목을 다 빠져나가 버리겠어!"

그런데 정규태는 이렇게 말하는 것이었다.

"선생님, 배가 너무 흔들려서 움직일 수가 없어요……."

"안전벨트를 맸으니까 괜찮아! 칼을 올려!"

규태는 덜덜 떨면서 겨우겨우 칼을 들어 올렸다.

다행히 영리한 강은지는 신호가 오자마자 재빨리 쇠
줄을 올렸다. 거꾸로 흘러가던 왜선들은 쇠줄에 걸려
서 와장창 와장창 부서지기 시작했다! 우리는 모두
신이 나서 목이 터지도록 소리를 질렀다.

도우미 선생님이 다시 외쳤다.

"얘들아, 아직 좋아할 때가 아니야! 이러다가는 우
리 배도 울돌목의 물길에 휩쓸려서 깨지게 돼! 더욱
더 힘껏 노를 저어서 떠내려가지 않도록 해!"

우리는 다시 노를 젓기 시작했다. 그런데 아까보다
노 젓기가 훨씬 힘들어졌다. 물살을 거슬러야 하기
때문이었다. 우리는 하마터면 왜선에 부딪칠 뻔했다.
우리는 힘껏 노를 저어서 겨우겨우 왜선을 피했다.

"힘을 내! 이제 거의 다 됐어! 저기 빠져나가는 배
들이 보이지? 한 척도 놓치지 않도록 대포를 쏴!"

우리는 대포를 마구 쏘기 시작했다. 스크린의 왜선

들은 요리조리 대포를 피했다. 그런데 대포를 쏘느라 노를 젓지 않으면 우리도 물길에 휩쓸리기 때문에 노를 젓는 것도 멈출 수 없었다.

"적들이 총을 쏜다! 피해야 해! 우리 배는 열두 척밖에 되지 않는다는 걸 잊지 말라고!"

도우미 선생님은 고래고래 소리를 질렀다. 우리는 노를 저으랴 총을 피하랴 대포를 쏘랴, 너무너무 바쁘고 힘들었다. 전쟁을 하는 것이 이렇게 힘든 일인 줄 꿈에도 몰랐다. 우리는 마구 소리를 지르며 노를 젓고 총을 피하고 대포를 쏘아서 겨우겨우 왜군을 모두 물리쳤다. 정신이 하나도 없었다. 마지막 왜선이 부서지자 체험관의 불이 켜지고 배가 멈추었다.

나는 감격해서 그만 엉엉 울고 말았다. 겨우 열두 척의 배로 백삼십 척의 왜선을 물리치다니. 내가 이순신 장군이라면 전쟁이 끝나고 울었을 것 같았다.

울돌목의 물길이 알맞게 바뀌어서, 우리 군사들이 다치지 않고 전쟁에 이긴 것이 다행스러워서 눈물이 났을 것 같았다. 나는 이순신 장군님이 너무나 불쌍하고 고마워서 울음을 그칠 수가 없었다.

카메라와 마이크를 든 아저씨들이 나에게로 다가왔다. 창피해서 눈물을 그치고 싶었지만 계속 울음이 나서 어쩔 수가 없었다. 마이크를 든 아저씨가 나에게 물었다.

"너는 왜 울어? 무서워서 그러니?"

"이순신 장군이 너무 불쌍해서 그래요!"

"이순신 장군이 불쌍하다고? 왜?"

"물길이 바뀌지 않을까 봐 너무 걱정이 되었어요! 물길이 바뀌지 않으면 우리 배는 모두 적에게 잡히고 우리나라는 일본 땅이 되었을 테니까요! 이순신 장군님은 그날 얼마나 걱정이 많이 되었겠어요? 저는 이순신 장군님이 너무 불쌍하고 고마웠어요! 그래서 눈물이 나는 거예요!"

나는 정신없이 엉엉 울면서 큰 소리로 말했다. 그러자 마이크를 든 아저씨가 카메라를 보며 말했다.

"오늘 문을 연 역사 체험 박물관은 어린이들에게 큰 감동을 안겨 주는 최고의 교육 테마파크입니다. 어린이들의 순수한 마음에 저도 큰 감동을 받았습니다. 역사 체험 박물관에서 신동철 기자였습니다."

아저씨는 마이크를 끄더니 나에게 손을 내밀었다.

"정말 훌륭한 인터뷰였어!"

나는 눈물을 닦으며 아저씨와 악수를 했다. 이민우가 물었다.

"그럼 호찬이가 오늘 뉴스에 나오는 거예요?"

"아마 그럴 것 같아. 오늘 여러 명의 아이들과 인터뷰를 했지만 호찬이만큼 감동적인 인터뷰를 한 사람은 없었으니까."

친구들은 모두 나를 부러워했다. 나는 엉엉 운 것
이 창피했지만 오늘 저녁 뉴스에 나온다고 하니까
기뻐서 가슴이 두근거렸다.

만들기의 달인
김호찬

마지막으로 우리는 만들기 체험관에 갔다. 나는 그곳에 들어가자마자 너무 좋아서 입이 쫙 벌어졌다. 만들기는 내가 가장 좋아하는 일이기 때문이다.

제일 먼저 우리는 불씨 얻기 체험을 했다. 옛날에는 가스레인지나 라이터 같은 것이 없었기 때문에 불을 쉽게 얻을 수 없었다. 그래서 불씨를 아주 소중하게 여겼다고 한다. 불씨를 얻는 도구는 꼭 돌로 만든 절구같이 생겼다. 도우미 선생님은 절구 안에 잘 마른 짚을 넣고 뾰족한 막대기를 아주 빠른 속도로 팽이처럼 돌렸다. 그러자 잠시 후에 마른 짚에서 연기가 나더니 불이 붙는 것이었다! 나는 직접 불씨를 얻고 싶었지만 위험하기 때문에 어린이들은 구경만 해야 한다고 했다.

그다음에는 종이 바구니 만들기를 했다. 도우미 선생님이 길고 납작한 종이를 이리저리 엇갈려 엮어서 바구니 만드는 방법을 가르쳐 주었다.

"바구니를 튼튼하게 만들어 보세요. 여기 알밤이 보이지? 이 알밤 열 개를 담을 수 있을 만큼 튼튼한 바구니를 만들면 훈장 스티커를 줄 거예요."

우리는 모두 열심히 바구니를 만들었다. 나는 특히 맨 마지막에 종이를 고리에 연결하는 부분이 단단하게 묶이도록 아주 신경을 썼다. 그래야 바구니가 튼튼해지기 때문이다.

"아주 야무지게 잘 묶는걸?"

도우미 선생님이 나를 칭찬했다. 나는 아주 의기양양했다. 나는 만들기라면 뭐든지 자신 있고, 엄마는 늘 내가 '둘째라서 야무지다'고 칭찬한다.

우리는 바구니 경연 대회를 했다. 선생님의 말에 따라 바구니에 알밤을 하나씩 담았다. 겨우 세 개를 담았는데 김지수와 이민우의 바구니가 쑥 빠졌다. 지수와 민우는 바구니를 튼튼하게 만들지 못한 것이다! 다섯 개를 담으니까 정규태의 바구니가 망가졌다. 내 바구니는 아직도 문제없이 튼튼했다. 강은지의 바구니는 알밤 여덟 개에서 망가졌다. 내 바구니는 알밤 열 개를 담아도 끄떡없었다. 나는 훈장 스티커 하나를 더 받았다.

그다음에는 연 만들기를 했다.

"오늘은 가오리연을 만들 거예요. 나중에 고학년이 되면 방패연에도 도전해 보아요. 연을 만들 때 가장 중요한 건 무게 중심을 잘 맞추는 거예요. 연이 바람을 타고 높이 올라가려면 중심이 잘 맞아야 하거든.

무게 중심을 잘 맞추려면 나뭇가지의 굵기와 길이를 고르게 하고 가운데 중심점을 잘 찾아야 해요. 잘할 수 있겠지요?"

그런 거라면 나는 완전 자신 있었다. 정규태는 이번에도 또 잘난 척이었다.

"선생님, 저는 방패연 주세요. 저는 아직 저학년이지만 벌써 고학년들이 읽는 책을 읽으니까요. 어려운 방패연도 잘 만들 수 있을 거예요!"

우리는 모두 고개를 처박고 끙끙거리면서 열심히 연을 만들었다. 나는 연에 멋진 도깨비 그림도 그려 넣었다. 연을 다 만든 다음에는 연에 실을 묶어서 마당으로 나갔다.

"자, 연을 종이비행기처럼 날리면서 언덕 아래로 힘껏 뛰어 내려가는 거야! 하나, 둘, 셋!"

우리는 연을 하늘로 날리고 힘껏 뛰었다. 강은지의

연은 금방 떨어졌고 이민우와 김지수의 연은 조금 올라가다가 바닥으로 처박혔다. 내 연은 씩씩하게 바람을 타고 하늘 높이 올라갔다!

"와! 호찬이 연이 가장 높이 올라갔어!"

"만들기라면 역시 호찬이가 최고야!"

하늘 높이 올라간 도깨비 연을 보니까 정말 자랑스러워서 가슴이 터질 것 같았다. 아이들은 모두 나를 부러워했다.

"오늘은 호찬이의 날인가 봐."

나는 또다시 훈장 스티커를 받았다. 다른 아이들은 훈장 스티커가 두세 개뿐인데 내 가슴에는 훈장 스티커가 네 개나 번쩍이고 있었다. 나는 완전히 역사 체질인 것 같다!

사라진 정규태를
찾아라!

"호찬아, 너 오늘 잘하면 어린이 역사왕이 될 수도 있을 것 같아. 벌써 훈장을 네 개나 받았잖아."

김지수가 말했다.

"조금 있으면 역사 퀴즈 대회를 시작할 거야. 퀴즈 대회에서 문제를 맞히면 또 훈장을 받을 수 있어. 그러면 호찬이는 어린이 역사왕이 되는 거야!"

도우미 선생님이 말했다. 나는 정말로 어린이 역사

왕이 되고 싶었다. 벌써 훈장을 네 개나 받았으니까 말이다! 하지만 나는 퀴즈는 별로 잘하지 못한다.

"퀴즈는 너무 어려울 것 같은데, 어떡하지?"

나는 걱정이 되었다. 그러자 김지수가 밝은 목소리로 말했다.

"괜찮아. 모둠별로 하는 거니까 우리가 도와줄 수 있잖아. 나도 도와주고, 또 규태가 항상 퀴즈라면 자신 있다고 했으니까……. 그런데 규태는 어디 있지?"

우리는 주위를 둘러보았다. 규태가 보이지 않았다.

"화장실에 갔나?"

우리는 화장실에 가 보았다. 하지만 규태는 화장실에도 없었다.

"규태가 어디 갔지? 규태야! 규태야!"

우리는 두리번두리번 규태를 찾기 시작했다. 하지만 규태는 아무 데서도 보이지 않았다.

"어떡해. 선생님이 꼭 모둠별로 함께 다니고 헤어
지지 말라고 하셨는데."

김지수는 걱정이 되어서 발을 동동 굴렀다. 우리는
이리저리 머리를 굴렸다.

"규태가 혼자서 어딜 갔을까?"

"혼자서 훈장을 받으러 간 거 아니야? 어린이 역사
왕이 되려고?"

"아닐걸. 체험관은 언제나 모둠별로 다녀야 하는
데, 규태 혼자서는 아무 체험도 할 수 없잖아."

그때 강은지가 손뼉을 딱 쳤다.

"혹시 규태, 인터뷰하러 간 거 아니야?"

"인터뷰?"

"아까 규태가 행주치마가 어쩌고 하면서 인터뷰를
했는데, 방송국 아저씨는 호찬이가 더 잘했다고 했잖
아. 그러니까 뉴스에 나오고 싶어서 다시 인터뷰를

하러 간 게 아닐까?"

"그럴지도 몰라! 방송국 아저씨들은 지금 어디에
있을까?"

우리는 1층 출입구 앞에서 방송국 아저씨들을 찾
아냈다. 아저씨들은 마이크와 카메라를 가방에 넣고
돌아갈 준비를 하고 있었다.

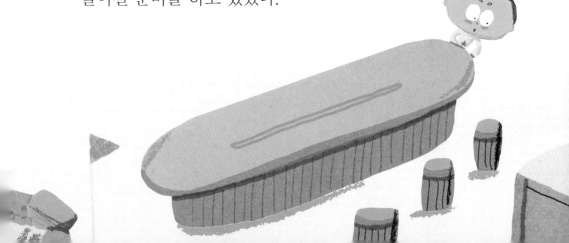

“아저씨, 혹시 규태 못 보셨어요?”

“규태? 규태가 누군데?”

“이순신 장군 옷을 입고 인터뷰를 했던 아이요!”

아저씨는 나를 가리키면서 말했다.

“글쎄, 김호찬은 기억나지만 다른 아이들은 잘 모르겠는걸? 오늘 많은 아이들을 인터뷰해서 말이지.”

강은지가 말했다.

“안경을 쓰고 좀 잘난 척하는 아이 말이에요! 아까 행주치마 이야기를 했던 아이예요.”

아저씨들이 웃음을 터뜨렸다.

“아, 그 아이! 못 봤는데. 그런데 왜? 너희는 같은 모둠이 아니었니? 친구를 잃어버린 거야?”

“네. 규태가 없어졌어요.”

“저런, 그러면 선생님께 말씀을 드려야지. 길 잃은 어린이를 찾는다고 방송을 하면 찾을 수 있을 거야.”

길 잃은 정규태
구출 대작전

우리는 도우미 선생님에게 규태가 없어졌다고 말했다. 선생님은 깜짝 놀라며 방송실에 이야기를 했다. 곧 정규태를 찾는 방송이 나왔다.

"초록 초등학교에서 온 정규태 어린이는 1층 안내실 앞으로 와 주기 바랍니다."

우리는 안내실 앞에서 규태를 기다렸다. 하지만 규태는 안내실 앞으로 오지 않았다. 잠시 후 두 번째 방

송이 나왔다.

"초록 초등학교에서 온 정규태 어린이를 찾고 있습니다. 정규태 어린이를 보신 분은 1층 안내실로 데리고 와 주시기 바랍니다."

그래도 규태는 나타나지 않았다. 우리는 걱정이 되었다. 규태가 잘난 척 대마왕이기는 해도 우리 모둠이고, 우리 친구이기 때문이다.

우리가 규태를 기다리는 동안 역사 퀴즈 대회가 시

작되었다. 다른 아이들은 역사 퀴즈 대회장으로 들어 갔지만 우리는 안내실 앞에서 규태를 기다리기로 했다. 퀴즈 대회장에서 문제를 내는 소리가 들렸다. 우리는 퀴즈에 귀를 기울였다.

"아주 옛날, 산꼭대기에서 불을 피워 급한 소식을 빠르게 전달할 수 있었던 통신 수단을 무엇이라고 할까요?"

"봉수!"

우리는 모두 동시에 외쳤다. 아까 봉수 체험관에서 배웠기 때문에 아주 잘 알고 있었다. 정답은 역시 '봉수'였다.

"아깝다. 문제를 맞혔으면 오늘 호찬이가 어린이 역사왕이 될 수도 있었는데."

김지수가 말했다.

우리는 다음 문제에 귀를 기울였다.

"세종대왕 시대에 과학왕 장영실이 발명했으며, 농사를 돕기 위해 비의 양을 측정했던 이 기구의 이름은 무엇일까요?"

우리는 서로 얼굴만 쳐다보았다. 답은 '측우기'였다.

"……어렵네."

"다른 체험관에서 배웠나 봐."

"울돌목에 대한 문제가 나왔으면 우리가 맞혔을 텐데."

"규태라면 알았을지도 몰라. 규태는 3, 4학년들이 읽는 책을 읽는다니까."

"맞아. 〈어린이 타임머신 역사 전집〉 서른 권도 다 읽었다잖아."

"규태는 어디 있는 걸까? 왜 안내실 앞으로 안 오는

거지? 규태를 못 찾으면 어쩌지?"

그때 이민우가 말했다.

"생각해 보니까 연날리기할 때부터 규태가 없었어. 바구니 경연 대회는 같이했는데."

우리는 규태가 언제 없어졌는지 생각을 짜내기 시작했다.

"그럼 바구니를 만들고 사라진 건가?"

"아니야, 연 만들기 할 때는 있었어. 자기는 방패연을 달라고 했잖아."

"맞다. 그럼 연 만들기 할 때는 있었는데 연날리기 할 때 없어진 거잖아?"

"그럼 우리 만들기 체험관에 다시 가 보자!"

신나는
긴급 구조

우리는 만들기 체험관으로 달려갔다. 하지만 그곳에도 규태는 없었다.

"연날리기 마당에 가 볼까?"

"그러자!"

우리는 연날리기 마당으로 갔다. 바람이 잘 부는 낮은 언덕이었다. 꼭대기에서 연을 날리면서 언덕 아래로 달려 내려가면 연이 날아오르기 쉬운 곳이었다.

"규태야! 어디 있니? 규태야! 규태야!"

우리는 언덕 아래쪽으로 걸어 내려가면서 규태를 불렀다.

"얘들아, 얘들아! 나 여기 있어! 엉엉엉."

멀리서 규태 목소리가 들렸다! 그런데 목소리만 들리고 어디 있는지 보이지 않았다. 우리는 더 큰 소리로 규태를 부르면서 이리저리 규태를 찾았다.

"얘들아, 여기 길이 있어! 규태가 이쪽으로 갔나 봐!"

이민우가 작은 샛길을 찾아냈다. 연날리기 마당을 감싸고 있는 나무숲 사이로 작은 샛길과 문이 보였다. 우리는 문을 열고 나가서 금세 규태를 만났다. 어쩌다 보니 우리는 차가 쌩쌩 달리는 큰길가에 서 있었다. 규태는 눈물범벅이 되어 있었다.

"얘들아, 정말 고마워! 나를 찾아와 줘서 정말 고마

위!"

"규태야, 어떻게 된 일이
야?"

"내 연이 마당을 넘어가 버렸
어. 그래서 연을 찾으려고 했는데
어쩌다 보니까 여기 오게 되었어."

"얼른 돌아가자. 모두 너를 기다리고 있어!"

"그런데 문이 안 열려. 나올 때는 열렸는데 들어가
려고 하니까 문이 안 열려서 돌아갈 수가 없었어."

규태 말대로 문은 열리지 않았다. 우리는 꼼짝없이
큰길가에 서 있게 되었다. 아마 뒷문으로 나온 것 같
았다.

다행히 나에게는 휴대폰이 있었다! 나는 주머니에
서 휴대폰을 꺼냈다. 아이들이 모두 기뻐했다.

"그런데 어디에 전화를 해야 하지?"

"선생님께 전화하면 되잖아. 선생님 전화번호 없어?"

하지만 내 휴대폰에 선생님 전화번호는 저장되어 있지 않았다.

"그럼 엄마한테 전화해. 엄마는 선생님 전화번호를 알고 계실 거야."

김지수가 말했다. 강은지도 끼어들었다.

"119에 전화하자! 119 구조대가 우리를 도와줄 거야!"

나는 119에 전화하기로 했다. 언제나 119에 전화해 보는 게 소원이었기 때문이다.

"여보세요. 119죠? 저희를 도와주세요. 길을 잃었어요!"

전화를 받은 구조 대원 아저씨가 차분한 목소리로 물었다.

"거기가 어디인지 말해 주겠니? 너는 이름이 뭐지?
설마 장난 전화는 아니겠지?"

"저는 김호찬이고요, 장난 전화 아니에요! 진짜로
길을 잃어버렸어요. 우리는 역사 체험 박물관에 체험
학습을 왔는데, 어쩌다 보니까 뒷문으로 나오게 되었
어요. 그런데 문이 잠겨서 돌아갈 수가 없어요!"

"어이쿠, 큰일이군. 역사 체험 박물관이라고? 알았다. 너희들, 꼼짝하지 말고 그 자리에 그대로 있어야 한다. 돌아다니면 안 돼. 알았지? 곧 데리러 갈 테니 조금만 기다려라!"

세상에서 가장
즐거운 체험 학습

잠시 후 뒷문이 열리더니 담임 선생님과 체험 도우미 선생님들이 나타났다.

"얘들아, 여기 있었구나!"

"선생님! 우리가 여기 있는 걸 어떻게 아셨어요?"

"119 구조대에서 박물관에 연락을 해 주셨어. 구조대보다 우리가 오는 게 더 빠르니까 얼른 구하러 온 거야."

우리는 기뻤지만 조금 실망했다. 구급차가 우리를 구하러 올 거라고 기대했기 때문이다.

"정말 큰일 날 뻔했어요. 오늘이 박물관을 연 첫날이라서 아이들이 뒷문으로 나올 수 있다는 걸 미처 생각하지 못했어요. 저희 잘못입니다. 앞으로 이 문은 반드시 잠가 놓도록 하겠습니다."

도우미 선생님이 말했다.

"선생님은 너희들이 없어져서 오늘 십년감수했단

다. 언제나 모둠별로 움직이고 혼자 다니면 안 돼. 알
겠지?"

담임 선생님이 우리를 안아 주며 말했다. 규태는
많이 울어서 얼굴이 온통 얼룩덜룩했다.

우리는 선생님들과 함께 무사히 박물관으로 돌아
갈 수 있었다. 친구들과 선생님을 다시 만나니 정말
로 기뻤다.

"이제 점심시간이에요. 다 함께 도시락을 먹기로
해요."

우리는 도시락을 꺼냈다. 내 옆에 앉은 강은지가
도시락을 열더니 꽥 소리를 질렀다.

"이게 뭐야! 김밥이잖아! 단무지, 당근, 시금치! 난
망했다!"

강은지는 도시락을 보면서 화를 내기 시작했다.

"이건 모두 엄마 때문이야. 할머니는 나에게 닭튀

김 도시락을 싸 주시려고 했는데 엄마가 김밥을 싸야 한다고 그랬거든. 엄마는 내가 편식을 한다고 늘 야단을 친단 말이야. 나는 김밥이 정말 싫은데. 나는 오늘 점심 안 먹을 테야. 어차피 하나도 배가 안 고프니까.”

강은지는 정말 신기한 애였다. 나는 내 멋진 볼케이노버스터 데스크루저 도시락통을 내밀었다.

“은지야, 우리 도시락 바꿔 먹을래?”

강은지가 내 도시락을 보더니 눈이 휘둥그레졌다.

“어, 닭튀김이네? 호찬아, 너는 닭튀김을 싫어해?”

“아니. 닭튀김도 좋아해. 하지만 나는 오늘 김밥을 먹고 싶었는데 형이 김밥을 싫어해서 엄마가 닭튀김을 싸 줬거든. 그래서 아침에 기분이 나빴어.”

강은지와 나는 도시락을 바꿔 먹기로 했다. 은지 할머니가 싸 준 김밥은 치즈와 소고기가 들어 있어서 최고로 맛있었다. 이렇게 맛있는 김밥을 싫어하다니, 형이랑 강은지는 정말로 이상하다.

"오늘 체험 학습 정말 재미있지 않았니? 나는 울돌목 체험이 가장 재미있었어."

"긴급 구조도 재미있었어. 거기에 샛길이 있는 줄 아무도 몰랐는데 우리가 찾아냈잖아?"

"구급차가 우리를 데리러 왔으면 좋았을 텐데."

"역사 체험이 이렇게 재미있는 건 줄 몰랐어. 다음에도 또 오면 좋겠다."

우리는 신나게 떠들며 도시락을 깨끗이 비웠다.

나는 내 가슴에 붙은 네 개의 훈장 스티커가 자랑스러웠다. 집에 가면 〈어린이 타임머신 역사 전집〉을 읽어야겠다고 생각했다. 역사 퀴즈 대회를 많이 준비해서 다음에는 꼭 어린이 역사왕이 될 것이다!

정말 신나는 체험 학습이었다.

체험 학습의 추억

어릴 때 나는 무척 투덜거리는 아이였어요.

"체험 학습 가기 싫어. 하나도 재미가 없을 거야. 모두 뻔해."

그러자 선생님이 물어보셨어요.

"체험 학습이 왜 재미없니? 뻔한 게 뭔데?"

"고궁이나 박물관 같은 데는 하나도 재미가 없거든요."

"그러면 재미있는 데가 어딘데?"

"놀이공원 같은 데죠! 재미있는 탈것들도 많고 동물들도 볼 수 있잖아요."

하지만 솔직히 말하자면, 체험 학습은 재미있었어요. 오래된 유물이나 유적을 보는 것은 신기했고, 친구들과 함께 도시락도 먹고,

퀴즈 게임이나 장기자랑을 하는 것도 좋았어요.

어른이 되고 난 다음에 어린 시절에 체험 학습을 갔던 곳에 다시 갔더니 많은 것이 달라져 있었어요. 어릴 때 우리는 분명히 다 함께 무령왕릉에 들어갈 수 있었는데, 이제는 똑같이 만든 체험실에만 갈 수 있게 되었더라고요. 언제든지 갈 수 있는 곳이라고 생각했는데, 이제는 들어갈 수 없는 곳이 된 모습에 마음이 왠지 허전했어요. 그곳에 체험 학습을 나온 어린 친구들을 보니까 내 옛 모습이 생각나기도 했어요. 재미없다고 투덜거리는 친구에게 속삭여 주고 싶었어요.

'오늘을 즐기렴. 모든 것은 영원하지 않구나.'

2025년 2월, 사직동에서

심윤경

출동! 체험 학습 구조대

2025년 2월 25일 1판 1쇄

지은이 심윤경
그린이 조승연

편집 장슬기, 윤설희, 최경후, 이여름
디자인 효효스튜디오
제작 박홍기
마케팅 이장열, 김지원
홍보 조민희

인쇄 코리아피앤피
제책 J&D바인텍

펴낸이 강맑실
펴낸곳 (주)사계절출판사
등록 제 406-2003-034호
주소 (우)10881 경기도 파주시 회동길 252
전화 031)955-8588, 8558
전송 마케팅부 031)955-8595 | 편집부 031)955-8596
홈페이지 www.sakyejul.net | 전자우편 literature@sakyejul.com | 블로그 blog.naver.com/skjmail
페이스북 facebook.com/sakyejulkid | 인스타그램 instagram.com/sakyejulkid

ⓒ 심윤경, 조승연 2025

ISBN 979-11-6981-354-9 74810
ISBN 978-89-5828-469-7 (세트)